NO hay sueño pequeño

Rosario Naranjo
Ana Rodríguez

Biblioteca infantil y juvenil
Edición a cargo de Álvaro Lorenzana
Diseño de cubiertas: Álvaro Lorenzana

Vía Flaminia, 12 - 41089 Dos Hermanas / Sevilla
www.edicionesalfar.es/alfar@edicionesalfar.es
ISBN: 978-84-1028-604-7
Dep. Leg.: SE 2184-2024
Imprime: Ulzama Digital
Impreso en España / *Printed in Spain*

Rosario Naranjo
Ana Rodríguez

NO hay sueño pequeño

Para EVA,
gran soñadora. Por
un futuro lleno de
libros.
Con cariño,
R Naranjo

¡Para Eva!
¡Que sepas dar
color a tus sueños!
Con mucho cariño
Ana R

No quiero seguir soñando

Mientras anota esta frase en su diario, Tapón se concentra en repetir mentalmente las cuatro palabras que la forman: No... quiero... seguir... soñando.

«Cuando sueñas, el deseo por las cosas se hace más fuerte. Esperas que sucedan, y yo no quiero esperar nunca más. Así que no; NO QUIERO SEGUIR SOÑANDO».

Tapón usa esta vez letras mayúsculas. Luego cierra el cuaderno y lo guarda en el cajón de la mesita de noche. No lo necesitará allá donde va. Porque en ese lugar, nada más estarán Tapón y sus pensamientos.

Tapón y sus recuerdos.

Tapón y la soledad.

En la mochila mete una cuerda gruesa, una escalera de mano y una red. Se la cuelga en la espalda y se asoma a la ventana: las últimas gotas de lluvia comienzan a mezclarse con un incipiente sol.

Es la mañana perfecta para salir a la caza del **arcoíris**.

Entretanto, en la oficina de correos todo el mundo corretea de acá para allá. ¡Menudo revuelo se ha montado! La caja de los sueños rotos ha reventado hoy. Todos tratan de capturar los sueños rotos para devolverlos a la caja.

Pero a estos parecen haberle salido alas. No hay manera de que se queden quietos. En los últimos meses se han recibido tantos sueños rotos que ya no caben en una sola caja.

Ni siquiera Prudencia, la mayor de las empleadas de la oficina y también la más experta, encuentra una solución para el problema. Y las cosas han llegado a extremos intolerables.

—¡Demasiados sueños rotos! —protesta don Resignado, al tiempo que agarra uno que, justo en aquel momento, pasa por delante de sus narices—. Muchas promesas sin cumplir, desilusiones a pares, expectativas frustradas… Corren malos tiempos.

El sueño roto se agita con tal fuerza que don Resignado se ve obligado a dejarlo ir. Casi pierde las gafas durante la trifulca.

—¿Qué vamos a hacer? —se lamenta Inquietud—. La sección de los sueños rotos es la que más paquetes recibe. ¡Si no recuperamos los sueños, tendremos que cerrar la oficina!

—Hay que encargar una caja más grande —propone don Resignado.

—¿Seguro que es la mejor opción? —duda Prudencia.

Tras el mostrador, Esperanza se rasca la cabeza. Es una niña de ojos profundos para la que no existe la palabra «imposible».

Se le ha posado un sueño roto sobre el pelo. Esperanza lo atrapa con un rápido movimiento de sus manos.

Ser jugadora profesional de baloncesto, tiene tiempo de leer antes de que el travieso papel se escabulla y vuele hacia el otro extremo de la habitación.

—No creo que sea una buena idea —anuncia—. Tendríamos más espacio para guardar los sueños rotos, pero esa clase de sueños seguiría existiendo. Los que hacen a las personas infelices.

—Entonces, ¿qué propones tú? —preguntan los demás.

—Deberíamos organizar una expedición hacia el origen de los sueños rotos. Es preciso acabar con el Monstruo.

—¡El Monstruo! —Inquietud tiembla como una hoja en medio de un vendaval.

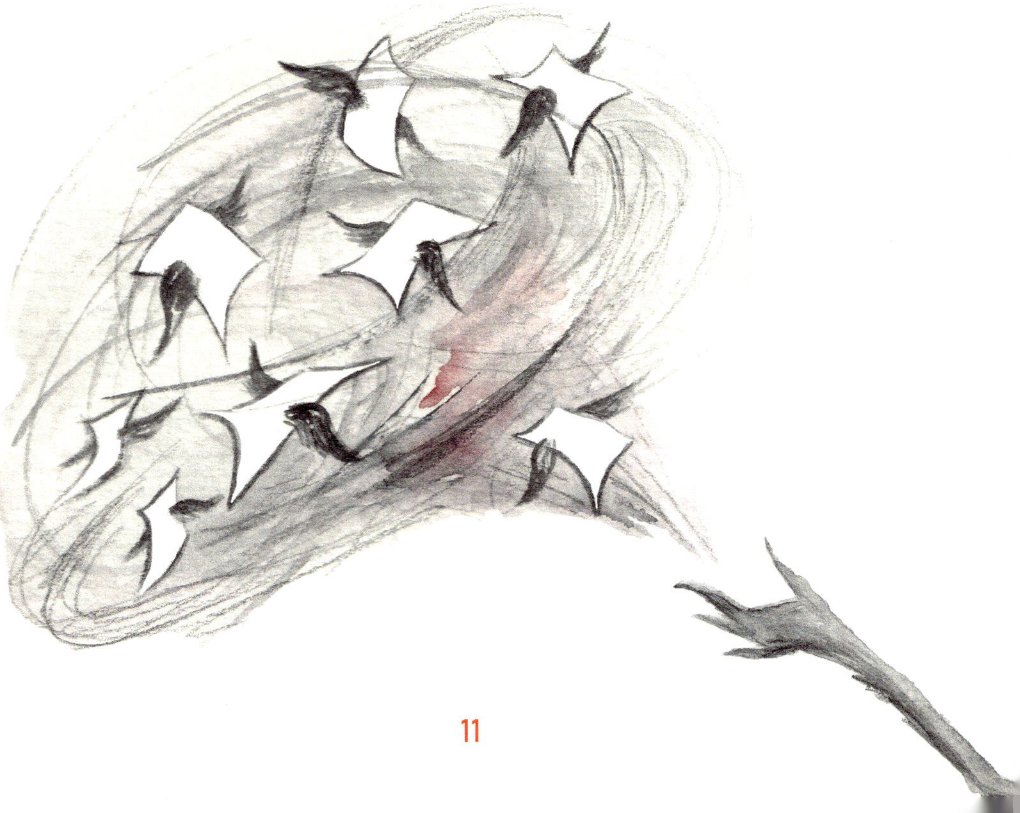

—Hablaremos con él —continúa una valiente Esperanza—. Le plantaremos cara. Veremos si se atreve a negarnos una oportunidad de cambiar las cosas.

—¿Qué queréis de mí? —la repentina aparición del monstruo obliga a nuestros amigos a dar un salto hacia atrás.

—Que te vayas lejos. Que no regreses jamás.

—¡Ja, ja, ja! Lo siento, pero eso es imposible.

—¡La palabra «imposible» no existe!

—En mi diccionario, sí. Página ciento dos —asegura el monstruo, señalando con una pezuña el interior de un pequeño librito—. Soy un devorador de sueños rotos. Me alimento de vuestros fracasos. Cuando las cosas se ponen feas, este menda aparece. Y mientras sigáis deseando cosas inalcanzables, no hay motivo para largarse.

—Eso es ruin y lamentable.

El monstruo bosteza de forma exagerada.

—Puede ser. Pero yo no le pido a nadie que se dedique a soñar despierto. Soñar es de necios. Así que no puedo ayudaros. Y si no tenéis nada más que añadir, regresaré a mi guarida. Tengo hambre y me estoy aburriendo.

Cuando Tapón sale de casa, hay, como siempre, un grupo de niños esperándola en la plaza.

—Tapón, cabeza de chorlito y cuerpo de botón —canturrean—. ¿Eres niño o niña? ¡Ven, pelotita, que queremos encestarte en la canasta!

Tapón aprieta los dientes y continúa su camino sin mirar atrás. ¿Quién no conoce a alguien distinto? Un ser que se sale de la norma.

Tapón es una de esas personas. Una niña a la que le gusta llevar el cabello muy corto y ropa cómoda, de esa que suele catalogarse como «de chico».

Es tan pequeña y rechoncha que todos la conocen por Tapón. Son tantas las veces que la llaman por su apodo que, a veces, le cuesta recordar su nombre. Se ha acostumbrado a él, como también lo ha hecho a las burlas. Pero a lo que jamás podrá acostumbrarse Tapón es a renunciar a su sueño de competir en la liga de baloncesto. Con su corta estatura, ni siquiera la admitirían como base.

El arcoíris la espera unos metros más allá. Los mismos que han de recorrer los empleados de la oficina de correos, aunque en dirección contraria, para completar su viaje.

Inquietud se ha quedado en la oficina para atender a los clientes y preparar los envíos.

El resto del grupo camina durante noches y días atravesando lagos, montañas, bosques y desiertos; la Cueva Oscura, vivienda habitual del temible Monstruo de la Frustración, ya se divisa a lo lejos.

—¡Si eres tan osado como dicen, sal y da la cara, monstruo infame!

Un rugido atronador sigue a las palabras de Esperanza. Pero ella no se amedrenta.

—¿A qué esperas? Hemos venido de muy lejos. No nos moveremos de aquí hasta haber hablado.

Es una realidad desalentadora. Ni siquiera a Esperanza se le ocurre un argumento convincente para continuar con la discusión. Comprende que, les guste o no, quedan todavía muchos sueños rotos por recibir en la oficina de correos.

—No siempre se gana —con estas palabras los despide el obstinado monstruo.

Tapón también se enfrenta a su personal batalla. El duende que custodia el arcoíris se niega a dejarla subir.

—Solo quiero utilizarlo como puente hacia el cielo —porfía la niña, alzando la barbilla. Tapón es tan pequeña que el maldito hombrecillo no se muestra impresionado—. Después, desapareceré y no volveré a molestarte.

—Imposible —agita la cabeza el duende.

Parece que «imposible» es la palabra favorita de los guardianes, de esos que se encargan de custodiar las cuevas o el arcoíris. Pero Tapón, igual que Esperanza, no conoce el significado de esa palabra. Saca la cuerda y la red y las agita delante del duende.

—Si no me dejas paso, te atraparé y te meteré en mi mochila— Ha venido preparada para cazar todo un arcoíris si fuera necesario. Hacerse con el impertinente geniecillo resultará más fácil todavía.

—¿Por qué quieres subir?

—No es asunto tuyo.

El duende se cruza de brazos.

—Entonces, no te abriré la puerta.

—Quiero instalarme en una nube —se ve obligada a confesar Tapón—. Vivir lejos de este mundo. Aquí no me quieren, y no sirvo para nada. Tenía sueños, pero no quiero seguir soñando. Los sueños jamás se cumplen.

—No estoy de acuerdo.

—Tú eres un duende. Perteneces al Reino de la Fantasía. No sabes nada de nuestro mundo.

—Y me siento afortunado por ello, créeme— El pequeño ser se frota la barba, que tiene los colores del arcoíris: rojo, naranja, amarillo, verde, azul, añil y violeta. Luego se aparta, dejando ver una entrada con una elegante escalera cuyos peldaños se ase-mejan a las teclas de un piano—. Puedes subir. Pero te advierto: una vez que lo hagas, no podrás bajar hasta el próximo arcoíris.

En la oficina de correos, Inquietud recibe a los viajeros con manifiesto nerviosismo.

—Ha llegado esto. —Les tiende una caja enorme, tres veces más grande que la antigua caja de los sueños rotos—. Aquí cabrán todos los sueños rotos y terminaremos con el problema.

Todos se felicitan por ello; excepto Esperanza, que permanece callada. De vuelta, le ha parecido distinguir la silueta de un niño tumbado sobre una nube que circulaba veloz, empujada ferozmente por el viento. ¿Qué hacía allí arriba y hacia dónde se dirigía?

—Esta caja puede ser una solución al problema organizativo. Pero los sueños rotos seguirán llenando muchas más como esta —observa Prudencia.

—Y el monstruo permanecerá en su cueva, tragando un fracaso tras otro —añade Inquietud.

Esperanza continúa absorta. Buzón de Sueños por Cumplir, buzón de Sueños Cumplidos, buzón de Sueños Rotos... contabiliza.

—Hay que encargar otra caja de idéntico tamaño —proclama, saliendo de su ensoñación—. Una caja para los Nuevos Sueños. Para que sustituyan a los Sueños Rotos.

• • •

La vida a bordo de la nube no resulta tan excitante como Tapón esperaba. Contemplar las vistas, saludar a las aves que pasan y dejarse arrastrar por el viento se convierten en rutina después de una semana.

Las estrellas se ven más hermosas desde su buhardilla. Y un trozo de nube, un puñado de insectos voladores y unas cuantas bocanadas de aire no son comparables a las lentejas de mamá.

Así que Tapón decide aprovechar el siguiente arcoíris para regresar a casa. El duende la espera abajo, degustando el humo de una vieja pipa.

—«Y no volveré a molestarte...». ¡Eso fue lo que dijiste! —bufa—. Unos pocos días ahí arriba y ya te muestras ansiosa por bajar. No está hecha la miel para la boca del asno.

—Yo también me alegro de haberte conocido, duende. —Tapón le ofrece la mano, ignorando sus protestas.

—¡Si tú lo dices!

La traviesa criatura contempla, con una misteriosa sonrisa estirándole los labios, cómo se aleja Tapón.

—¡Jóvenes! —murmura—. Cambian de opinión con demasiada facilidad.

Tapón camina deprisa. Pensar en sus problemas le ha hecho olvidarse de todo lo demás. ¡Su familia debe de estar echándola de menos! Casi corre al atravesar el parque, aunque se detiene al sentir que algo le golpea las rodillas.

—¿Puedes echarla? ¡Pásala!

Tapón baja la vista. Hay un balón de fútbol a sus pies. Sin pensarlo dos veces, la niña lanza la pelota, que cae directamente dentro de la portería.

¡Goooooooooool!

—Eh, tú. Eres buena, ¿quieres jugar? —De repente, Tapón se ve rodeada por un grupo de niños. Los hay altos, bajos, gordos y flacos. De ambos sexos y de diferentes nacionalidades.

Tapón enseguida se siente atraída por la mezcla de personas. No hay dos iguales y presiente que eso es algo bueno.

—Me encantaría.

Dos días más tarde, los empleados de la oficina de correos terminan de clasificar los sueños. Ahora cuentan con cuatro cajas: *Sueños por cumplir*, *Sueños Cumplidos*, *Sueños Rotos* y *Nuevos Sueños*. Todos los sueños están tranquilos mientras don Resignado, Prudencia, Inquietud y Esperanza van depositándolos en sus respectivas cajas.

Ser jugadora profesional de fútbol

Esperanza le da la vuelta al papel: no tiene firma, pero se trata de la misma letra. Quienquiera que escribiera aquel antiguo deseo, ha sabido convertir un sueño roto en un nuevo sueño.

Es una feliz noticia. Si todos aprendiéramos a hacer lo mismo, el Monstruo de la Frustración tendría que marcharse a buscar su alimento a otra parte.

Y la palabra «imposible» desaparecería de manera definitiva de todos los diccionarios.

FIN